28 MAI 1913 99 P

VENTE

du Mercredi 28 Mai 1913

HOTEL DROUOT, SALLE N° 1

A TROIS HEURES

COLLECTION

# de Monsieur de Heredia

# TABLEAUX

Me René BALLU

COMMISSAIRE-PRISEUR

M. F. MARBOUTIN

EXPERT

C. CHAUFOUR

# CATALOGUE

DES

# TABLEAUX

## Anciens et Modernes

*PAR OU ATTRIBUÉS A :*

BOTH, BRAMER, BREUGHEL, P. BRIL, CANALETTO, COURTOIS
P. DELAROCHÉ, DURER, VAN DYCK
FERAU-FENZONI, FRAGONARD, GIMIGNANI, GUÉRIN
HANDEBOURG-LESCOT, JEAURAT, LONGHI
LOPEZ, MAZO-MARTINEZ, MOMPER, VAN DER NÉER, PAELINCK
DE PÉREDA, POUSSIN, RUBENS, ANDRÉ DEL SARTO
UNCETA, J. VERNET, WEENIX, ZURBARAN, ETC.

**ET DES ÉCOLES**

Anglaise, Espagnole, Flamande, Française, Hollandaise et Italienne

**DES XVI^e^, XVII^e^ & XVIII^e^ SIÈCLES**

**Faisant partie de la Collection**

## *de Monsieur DE HEREDIA*

DONT LA VENTE AURA LIEU A PARIS

## HOTEL DROUOT, SALLE N° 1

**Le Mercredi 28 Mai 1913**

A TROIS HEURES

| COMMISSAIRE-PRISEUR | EXPERT |
|---|---|
| Mᵉ René BALLU | M. F. MARBOUTIN, Peintre |
| 12, Rue de la Victoire | 2, Rue de Marseille |

**EXPOSITION PARTICULIÈRE :**
*Le Mardi 27 Mai 1913, de 2 heures à 6 heures*

**EXPOSITION PUBLIQUE :**
*Le Mercredi 28 Mai 1913, jour de la vente, de 1 h. 1/2 à 3 heures*

## CONDITIONS DE LA VENTE

La vente sera faite au comptant.

Les adjudicataires paieront *dix pour cent* en sus des enchères.

L'exposition mettant le public à même de se rendre compte de l'état et de la nature des tableaux, il ne sera admis aucune réclamation une fois l'adjudication prononcée.

# DÉSIGNATION (*)

## ALBANE

(Attribué à FRANÇOIS ALBANI, dit L')

1 — *Le Génie de l'Architecture.*

Toile.

Haut.: 0m68; Larg.: 0m47.

## ÉCOLE ANGLAISE

(XVIIIe siècle)

2 — *Portrait d'homme.*

Représenté presque de face, il porte un manteau garni de fourrure.

Toile.

Haut.: 0m68; Larg.: 0m55.

---

(*) *Cette collection commencée en 1825 par la famille de Hérédia guidée par les conseils éclairés de José de Madrazo, directeur de l'Académie et du Musée Royal de Madrid, fut depuis cette époque considérablement augmentée par les descendants de cette famille.*

## ÉCOLE ANGLAISE

(XIXe siècle)

3 — *Paysage avec personnages.*

A gauche, signature illisible.

Toile.

Haut.: 0m68; Larg.: 0m92.

## BIDAULD

(Attribué à JEAN-JOSEPH XAVIER)

4 — *Paysage dans le Tyrol.*

Toile.

Haut.: 0m92; Larg.: 1m03.

## ÉCOLE BOLONAISE

(XVIIe siècle)

5 — *Portrait d'une princesse.*

Toile.

Haut.: 0m65; Larg.: 0m48.

## BOTH

(Attribué à JEAN)

6 — *Cour de ferme.*

Avant la rentrée à l'étable, les animaux se désaltèrent et se reposent; une fermière porte une corbeille remplie de légumes et de fruits, tandis qu'au second plan une servante est occupée à traire une vache.

Dans le fond, des constructions et des collines se détachent sur un ciel de couchant.

Signé du monogramme à gauche.

Toile.

Haut.: 1 m.; Larg.: 1m10.

## BRAMER
(Attribué à LÉONARD)

7 — *La Prise d'habits.*

Toile.

Haut.: 0$^{m}$64; Larg.: 0$^{m}$79.

## BREUGHEL LE VIEUX
(Attribué à PIERRE)

8 — *La Kermesse.*

La joie est générale, sur la place du village toute la population est réunie : à gauche, de nombreux couples dansent, d'autres chantent et boivent. Un brave villageois qui a déjà trop consacré à Bacchus, vient de trébucher, et se voit vivement querellé par sa femme.

Un fou, dont deux enfants tiennent les pans de son costume, circule dans la foule.

A droite, des marchands vendent bibelots et friandises; dans le fond le village où se promènent des groupes de seigneurs et de paysans.

Bois.

Haut : 0$^{m}$75; Larg.: 1$^{m}$07.

## BRIL

(PAUL)

9 — *Paysage animé de personnages.*

Toile.

Haut.: $0^{m}75$; Larg.: $1^{m}63$.

## CANALETTO

(Attribué à ANTOINE)

10 — *Le Grand Canal et San-Giorgio, à Venise.*

Toile.

Haut.: $0^{m}84$; Larg.: $0^{m}65$.

## CARTIER

(ÉMILE)

11 — *Animaux au pâturage.*

Signé en bas à gauche.

Toile.

Haut.: $0^{m}72$; Larg.: $0^{m}91$.

## COURTOIS

(JACQUES, dit le BOURGUIGNON)

12 — *Choc de cavelerie sous les murs d'une ville assiégée.*

Toile.

Haut.: $0^{m}33$; Larg.: $0^{m}47$.

20

7

## DELAROCHE

(PAUL)

13 — *Le Vieillard et ses enfants.*

Couché sur un vaste lit à baldaquin, la tête en pleine lumière, le père sentant la mort venir, a réuni ses enfants et leur donne de sages conseils, leur recommandant surtout de rester unis, et leur prouvant cette vérité par un exemple : Une baguette est brisée facilement par un vieillard épuisé, tandis qu'un faisceau résiste aux efforts d'un homme vigoureux.

Dans le fond, la mère appuyée sur le lit, se livre à sa douleur.

Initiales en bas à gauche, daté 1832.

Toile.

Haut.: $1^{m}35$; Larg.: $1^{m}70$.

## DUGHET

(Attribué à GASPARD)

14 — *Paysage animé de nombreux personnages.*

Toile.

Haut.: $0^{m}73$; Larg.: $0^{m}93$.

## DURER

(Attribué à ALBERT)

15 — *La Cène.*

Bois.

Haut : $1^{m}06$ ; Larg.: $0^{m}76$.

## VAN DYCK

(Attribué à ANTOINE)

16 — *Saint George.*

Revêtu d'une riche armure, saint Georges, venant de terrasser le dragon, tombe à genoux et remercie le ciel de sa victoire.

Au fond, dans les nuages, apparait sainte Agnès.

Toile.

Haut.: $0^{m}92$; Larg.: $0^{m}69$.

## ÉCOLE ESPAGNOLE

(XVIe siècle)

17 — *L'Annonciation.*

Cuivre.

Haut : $0^{m}34$; Larg.: $0^{m}27$.

## ÉCOLE ESPAGNOLE

(XVIIe siècle)

18 — *Fleurs et fruits.*

Signature illisible à gauche.

Toile.

Haut.: 0m73; Larg.: 0m96.

## ÉCOLE ESPAGNOLE

(XVIIe siècle)

19 — *Poissons.*

En bas, à gauche un monogramme.

Toile.

Haut.: 0m60; Larg.: 0m59.

## FENZONI

(FERAU)

20 — *Le Chemin de Damas.*

Toile.

Haut.: 0m75; Larg.: 0m52.

## ÉCOLE FLAMANDE

(XVIe siècle)

21 — *Massacre de chrétiens, après la prise d'une ville.*

Bois.

Haut.: 0m43; Larg.: 0m58.

## ÉCOLE FLAMANDE

(XVIIe siècle)

22 — *Le Chasseur.*

Fièrement campé, la main droite appuyée sur la hanche, la tête légèrement inclinée, il tient un fusil à pierre de la main gauche. Un épagneul appuie la tête sur son genou.

Toile.

Haut.: 0m91; Larg.: 0m75.

22

8

## ECOLE FLAMANDE

(XVIIe siècle)

23 — *Les Patineurs.*

Bois.

Haut. : 0m35 ; Larg. : 0m52.

Signature illisible au milieu en bas.

## ECOLE FLAMANDE

(XVIIe siècle)

24 — *Plaisirs et travaux des champs.*

Au premier plan, à droite, des personnages mangent sur l'herbe, d'autres font de la musique, pendant qu'un berger poursuit une jeune bergère.

A gauche des paysans conduisent des moutons au pâturage.

Le second plan, très important, représente les divers travaux de la campagne ; au loin une ville fortifiée et des collines se détachent sur un ciel nuageux.

Toile.

Haut. : 0m69 ; Larg. : 0m88.

## ECOLE FLORENTINE

(XVIe siècle)

25 — *Evêque en prière.*

Toile.

Haut. : 0m86 ; Larg. : 0m68.

## FRAGONARD

(Attribué à JEAN-HONORÉ)

26 — *Le Génie de la Guerre.*

Toile.

Haut. : 0m71 ; Larg. : 0m57.

## ECOLE FRANÇAISE

(XVIIe siècle)

27 — *Amours et Génies.*

Toile de forme circulaire.

Diamètre : 0m34.

## ECOLE FRANÇAISE

(xvii° siècle)

**28** — *Le Soir.*

Dans une vallée éclairée par les derniers rayons du soleil, des pâtres et autres personnages sont réunis; les uns se reposent, d'autres jouent de la flûte.

Au premier plan, un arbre est renversé, sur son tronc, on peut lire : Claude, Roma 1639.

Toile.

Haut. : 0$^{m}$71 : Larg. : 0$^{m}$91.

## ECOLE FRANÇAISE

(xvii° siècle)

**29** — *Le Génie du Bien terrassant le Vice.*

Toile.

Haut. : 0$^{m}$48; Larg. : 0$^{m}$36.

## ECOLE FRANÇAISE

(Commencement du xviii° siècle)

**30** — *Alexandre le Grand et Apelles.*

Toile.

Haut. : 0$^{m}$81 : Larg. : 0$^{m}$66

## ECOLE FRANÇAISE

(XVIIIe siècle)

31 — *Paysage avec personnages.*

Au bord d'un cours d'eau, deux personnages jouent; un peu en arrière, pendant qu'il fait baigner son cheval, un jeune homme les regarde.

A droite des grands arbres.

Au fond des constructions et des collines se détachent sur un ciel vaporeux.

Toile.

Haut. : 1m05; Larg. : 0m84.

## ECOLE FRANÇAISE

(XVIIIe siècle)

32 — *Portrait de femme.*

Représentée à mi corps, de trois-quarts vers la droite, elle est vêtue d'une robe d'étoffe rouge, le corsage largement décolleté, est retenu par une ceinture noire garnie de perles et d'un ornement brodé. De la main gauche elle tient gracieusement une rose; de la droite elle soulève légèrement les plis de sa robe.

Toile

Haut. : 0m85; Larg. : 0m71.

31

69

## ECOLE FRANÇAISE

(XVIIIe siècle)

33 — *Panneau décoratif.*

Sur une terrasse se détachant sur un fond de paysage, des fruits sont jetés.

A gauche, au premier plan, un petit chien blanc et noir, folâtre; derrière un vase enguirlandé de feuillage.

Toile.

Haut. : 0m85; Larg. : 1m05.

## ECOLE FRANÇAISE

(XVIIIe siècle)

34 — *Portrait de femme.*

Représentée en buste, la tête tournée de trois-quarts vers la droite, elle porte sur sa chevelure grise un bonnet de lingerie garni d'un large ruban; de grandes boucles de perles pendent à ses oreilles et un fichu de lingerie orné de dentelle recouvre ses épaules.

Toile.

Haut. : 0m61; Larg. : 0m46.

## ECOLE FRANÇAISE DE 1830

35 — *Paysage du Dauphiné.*

Sur la route inondée de soleil, des paysans reviennent du marché; au second plan, un village entouré de grands arbres, s'élève sur les bords d'une rivière.

Dans le fond la vallée s'étend jusqu'aux premiers contre-forts de hautes montagnes se découpant sur un ciel doré.

Toile.

Haut. : 0m92 ; Larg. : 1m03.

## FRANCK

(E.-J.)

36 — *Saint-Antoine en prière.*

Signé en bas à gauche.

Cuivre.

Haut. : 0m29 ; Larg. : 0m22.

Cadre bois sculpté.

## GÉRICAULT

(Ecole de)

37 — *Le Maréchal-Ferrant.*

Toile.

Haut. : 0m38 ; Larg. : 0m46.

43

## GIMIGNANI

(HYACINTHE)

38 — *Mucius Scœvola et le roi Porsenna.*

Signé en bas à gauche.

Toile.

Haut. : 1m85; Larg. : 3m60.

## GUÉRIN

(Attribué à PIERRE-NARCISSE)

39 — *Agar et Ismaël.*

Toile.

Haut. : 0m95; Larg. : 1m30.

## HANDEBOURG-LESCOT

(Mme ANTOINETTE-CÉCILE-HORTENSE)

40 — *Le Seigneur galant.*

Passant près d'une source où une jeune fille vient puiser de l'eau, il s'offre galamment à porter son fardeau.

Signé en bas à gauche, daté 1819.

Toile.

Haut. : 0m73; Larg. : 0m60.

## HOGCART

(Attribué à GUILLAUME)

41 — *Le Départ.*

Toile.

Haut. : 0m40 ; Larg. : 0m63.

## HOGGART

(Attribué à GUILLAUME)

42 — *La Mauvaise compagnie.*

Toile.

Haut. : 0m40 ; Larg. : 0m63.

## ECOLE HOLLANDAISE

(XVIIIe siècle)

43 — *Portrait de jeune homme.*

Vu dans un médaillon architectural, il est représenté de trois quarts vers la gauche, la tête tournée à droite, les boucles de ses cheveux encadrent son visage. De la main droite il soutient un pan de son manteau dont l'ouverture laisse voir un jabot garni de dentelle.

Toile.

Haut. : 0m87 ; Larg. : 0m67.

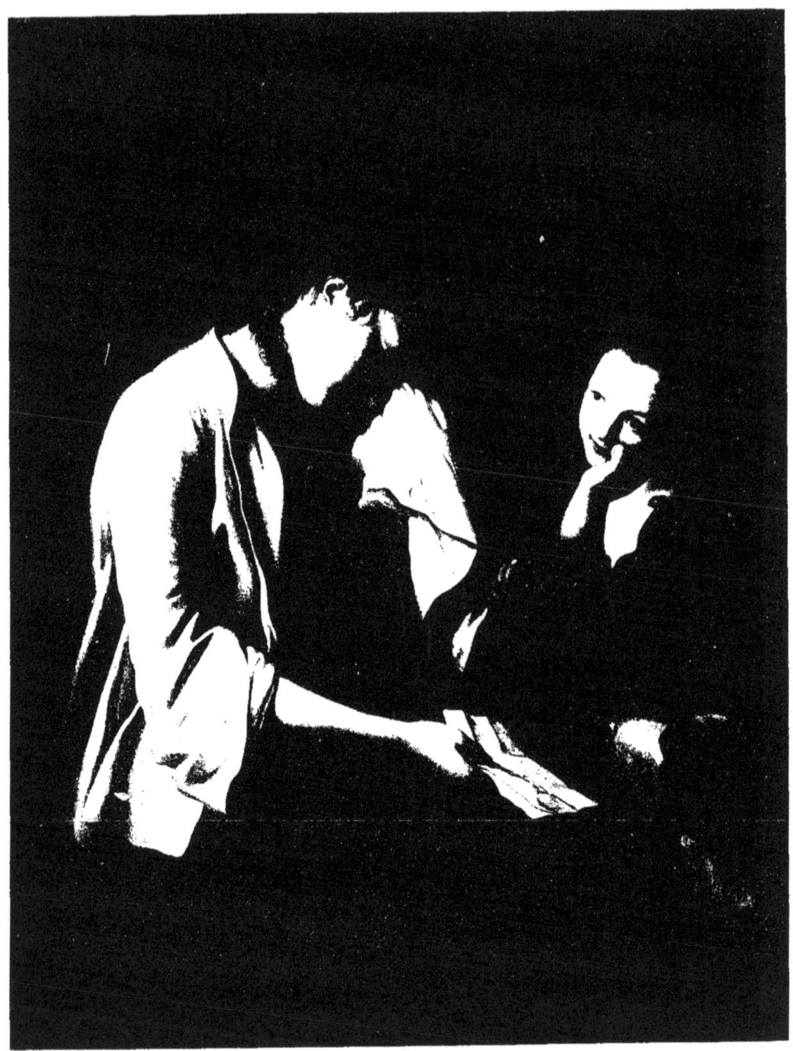

47

Helio Berthaud, Paris

## ECOLE HOLLANDAISE

(XVIIIe siècle)

44 — *La Petite Brodeuse.*

Toile.

Haut. : 0m60 ; Larg. : 0m81.

## ECOLE ITALIENNE

(XVIe siècle)

45 — *La Sainte Famille.*

Toile.

Haut. : 1m19 ; Larg. : 0m79.

## ECOLE ITALIENNE

(XVIIIe siècle)

46 — *Le Christ couronné d'épines.*

Pendant que deux bourreaux enfoncent dans la tête du Christ la couronne d'épines, plusieurs personnages se prosternent à ses pieds en le narguant et en ricanant.

Au premier plan, à droite et à gauche, des soldats en armure ; dans le fond le peuple.

Bois.

Haut. : 0m56 ; Larg. 0m73.

## JEAURAT

(ETIENNE)

47 — *Les Deux Sœurs.*

A la lecture d'une lettre qu'elle vient de recevoir, la grande sœur éprouve un violent chagrin, dont la cadette semble se réjouir.

Toile.

Haut. : 1$^{m}$08 ; Larg. : 0$^{m}$35.

## LAGRENÉE

(Attribué à JEAN-JACQUES)

48 — *Détresse.*

Toile.

Haut. : 0$^{m}$55 ; Larg. : 0$^{m}$72.

## LONGHI

(Attribué à ALEXANDRE)

49 — *Portrait de femme.*

Elle est représentée sur une terrasse, de trois-quarts vers la gauche; sa chevelure ornée de rubans et de bijoux tombe en torsades sur ses épaules. Elle porte une robe de brocart de couleur vieil or, dont le corsage, largement décolleté, est orné de dentelles ainsi que les manches. Son bras gauche repose sur un coussin placé sur une colonne; de la main droite elle tient un œillet. Un manteau rouge est drapé derrière elle.

Toile.

Haut. : 1m; Larg. : 0m82.

## LOPEZ

(Attribué à VINCENT)

50 — *Portrait d'un sculpteur.*

Il est représenté le buste de profil, la tête tournée de trois-quarts vers la gauche. Il porte un habit brodé s'ouvrant sur un gilet d'étoffe blanche.

De la main droite il tient un petit bas-relief représentant un génie ailé, dont de la gauche il explique le sujet.

Toile.

Haut. : 0m65 ; Larg. : 0m52.

## LUCIANO

(Attribué à SEBASTIEN, dit DEL PIOMBO)

51 — *Allégorie.*

L'Amour remplace souvent la couronne de fleurs par une couronne d'épines.

Toile.

Haut. : 1m35 ; Larg. : 0m90.

## MAZO-MARTINEZ

(JEAN-BAPTISTE DEL)

52 — *Bords du Mançanarès.*

Au premier plan à gauche, deux cavaliers se sont arrêtés, l'un est descendu de cheval et donne à boire à deux nomades qui semblent épuisés de fatigue ; plus loin, sur la route côtoyant la rivière, de nombreux personnages, soldats et villageois.

A droite une tour et des constructions en ruines dans le fond des collines se détachent sur un ciel nuageux.

Toile.

Haut. : 0m72 ; Larg. : 0m97.

## MOMPER

(JOSSE DE)

(Ecole flamande XVIIe siècle)

53 — *La Grotte.*

Dans une grotte habitée par un ermite, une source abondante tombe des rochers ; des cavaliers ont mis pied à terre et font boire leurs chevaux.

Toile.

Haut. : 1m40 ; Larg : 1m08.

## MURILLO

(Ecole de BARTHÉLEMY-ESTEBAN)

54 — *Sainte Agathe.*

Toile.

Haut. : 0m63 ; Larg. : 0m50.

## NÉER

(A. VAN DER)

55 — *Clair de lune sur un canal.*

Monogramme à gauche.

Bois.

Haut. : 0$^{m}$36 ; Larg. : 0$^{m}$50.

## PAELINCK

(JOSEPH)

56 — *La Sainte Famille, Sainte Anne et Saint Joachim.*

Signé en haut à gauche.

Toile.

Haut. : 1$^{m}$08 ; Larg. : 0$^{m}$85.

## PATRICIO

(JEAN)

57 — *Musique sacrée.*

Signé à droite.

Cuivre.

Haut. : 0$^{m}$25 ; Larg. : 0$^{m}$19.

## PEREDA

(ANTOINE DE)

58 — *Etoffes et objets d'orfèvrerie.*

Toile.

Haut. : 0m52; Larg. : 0m70.

## POUSSIN

(Attribué à NICOLAS)

59 — *Le Christ chassant les vendeurs du Temple.*

Toile.

Haut. : 0m97; Larg. : 0m80

## RIBÉRA

(Ecole de)

60 — *Saint Mathieu écrivant l'Evangile.*

Toile.

Haut. : 0m93; Larg. : 0m95.

## ROBUSTI

(Attribué à JACQUES, dit LE TINTORET)

61 — *Salomon recevant la reine de Saba.*

Sous les voûtes d'un riche palais aux colonnes torses, enguirlandées de pampre, Salomon, descendu de son trône, s'avance à la rencontre de la reine de Saba suivie de ses dames d'honneur. A droite des soldats; au fond une cour et une aile du palais vigoureusement éclairée par le soleil.

Signature illisible en bas à gauche.

Toile.

Haut. : 1m06; Larg. : 1m65.

## RUBENS

(Atelier de)

62 — *L'Assomption de la Vierge.*

Cuivre.

Haut. : 0m69; Larg.: 0m85.

## RUBENS

(École de PIERRE-PAUL)

63 — *Portrait de femme.*

Elle est représentée en buste, la tête presque de face; son cou est orné d'un collier de deux rangs de perles fines; elle est vêtue d'une robe noire décolletée. Sa main gauche est appuyée sur son corsage.

Papier.

Haut. : $0^{m}59$; Larg. : $0^{m}43$.

## SARTO

(Ecole d'ANDRÉ DEL)

64 — *La Sainte Famille.*

L'Enfant porté dans les bras de sa mère, vêtue d'une robe rouge, sourit à saint Joseph qui lui présente un fruit.

Toile.

Haut. : $0^{m}75$; Larg : $0^{m}65$.

## UNCETA

(M. DE)

65 — *Troupeau de taureaux conduit aux arènes. Le matin.*

Signé en bas à droite.

Toile.

Haut. : 0m40 ; Larg. : 0m63.

## VELASQUEZ

(Attribué à Don DIEGO de SYLVA y)

66 — *Portrait d'homme.*

Représenté en buste, la tête tournée de trois-quarts vers la gauche, il porte un large col blanc sur son pourpoint de velours noir aux manches brodées d'or. Un manteau portant une croix rouge, insigne d'un ordre espagnol, est jeté sur l'épaule gauche.

Toile.

Haut. : 0m74 ; Larg. : 0m59.

## ÉCOLE VÉNITIENNNE

(XVIe siècle)

67 — *La Vierge, l'Enfant et saint Jean-Baptiste.*

Bois.

Haut. : 0m79; Larg. : 0m66.

## ÉCOLE VÉNITIENNE

(XVIIe siècle)

68 — *Portrait d'homme.*

Il est vu à mi-corps, la tête tournée de trois-quarts vers la gauche, dans une expression méditative.

Toile.

Haut. : 0 75; Larg. : 0m60.

## VERNET

(Attribué à JOSEPH)

69 — *Après l'orage.*

Les eaux viennent de détruire un barrage, des blocs de rochers se sont écroulés dans la rivière.

Au premier plan à droite deux personnages dont un cavalier qui fait boire son cheval.

Dans le fond une tour et d'autres constructions se détachent sur l'azur du ciel.

Toile.

Haut. : 0m65; Larg. : 0m81.

## WAGNER

70 — *Portrait de femme.*

Signé à droite et daté 1837.

Toile.

Haut. : 0m68; Larg. : 0m56.

70

50

## WEENIX

(Attribué à JEAN)

71 — *Volaille. Gibiers morts et accessoires.*

Toile.

Haut.: 0m89; Larg.: 0m80.

## ZURBARAN

(Attribué à FRANÇOIS)

72 — *L'Adoration des Mages.*

La Vierge est assise, tenant son Fils sur ses genoux; agenouillé devant elle, un roi embrasse les pieds de l'Enfant. A gauche de la composition, les deux autres rois accompagnés de leurs serviteurs portant de riches présents.

A droite saint Joseph; des ruines forment le fond du tableau.

Toile.

Hau.: 0m71; Larg.: 0m55.

Collection de M. DE HEREDIA

# TABLEAUX

ANCIENS ET MODERNES

Carte d'Entrée à l'Exposition Particulière

HOTEL DROUOT — Salle N° 1

Le Mardi 27 Mai 1913, de 2 heures à 6 heures

| COMMISSAIRE-PRISEUR | EXPERT |
| --- | --- |
| Me René BALLU | M. F. MARBOUTIN, Peintre |
| *12, Rue de la Victoire* | *2, Rue de Marseille* |

www.ingramcontent.com/pod-product-compliance
Ingram Content Group UK Ltd.
Pitfield, Milton Keynes, MK11 3LW, UK
UKHW020433180726
13839UKWH00003B/1483